Lili B Brown

**Catalogage avant publication de Bibliothèque
et Archives nationales du Québec et Bibliothèque et Archives Canada**

Rippin, Sally
Le cours de natation (Lili B Brown ; 17)
Traduction de : The deep end.
Pour enfants de 6 ans et plus.
ISBN 978-2-7625-9569-7

I. Fukuoka, Aki, 1982- . II. Rouleau, Geneviève, 1960- . III. Titre.
IV. Rippin, Sally. Lili B Brown ; 17.

PZ23.R56Co 2013 j823'.914 C2012-942883-3

Titre original : Billie B Brown
Le cours de natation (The deep end)
publié avec la permission de Hardie Grant Egmont

Version française
© Les éditions Héritage inc. 2013
Traduction de Geneviève Rouleau
Conception et design de Stephanie Spartels
Illustrations de Aki Fukuoka
Graphisme de Nancy Jacques

Imprimé au Canada

Nous reconnaissons l'aide financière du gouvernement du Canada
par l'entremise du Fonds du livre du Canada.

Nous reconnaissons l'aide financière du gouvernement du Québec
par l'entremise du Programme de crédit d'impôt – SODEC.

Dépôts légaux : 1e trimestre 2013
Bibliothèque et Archives nationales du Québec
Bibliothèque et Archives Canada

Les éditions Héritage
300, rue Arran, Saint-Lambert (Québec) Canada J4R 1K5
Téléphone : 514 875-0327 – Télécopieur : 450 672-5448
Courriel : information@editionsheritage.com

Lili B Brown

École Jean Leman
4 ave Champagne
Candiac, Qué,
J5R 4W3

Le cours
de natation

Texte : Sally Rippin
Illustrations : Aki Fukuoka
Traduction : Geneviève Rouleau

 Héritage
jeunesse

Chapitre un

Lili B Brown a une paire
de lunettes de natation,
une serviette jaune
et un maillot de bain rouge.
Sais-tu ce que signifie le « B »
dans « Lili B Brown »?

Baleine !

Lili B Brown a un mal
de ventre aussi gros qu'une
baleine. Aujourd'hui, Lili
et sa classe ont un cours de
natation. Lili adore patauger
à la plage, mais déteste nager
dans une piscine.

La piscine est profonde
et tout le monde crie
et s'éclabousse.

Une serviette jaune

Une paire de lunettes
de natation

Un maillot
de bain rouge

3

L'année dernière, Lili et
sa classe suivaient leurs cours
de natation dans la piscine
des enfants.

Cette année, les cours
ont lieu dans la piscine
des grands. Quand Lili pense
au côté le plus profond de la
piscine, cela la rend **malade**.

Dans l'autobus qui
les conduit à la piscine,

Lili s'assoit, comme toujours, près de Thomas, son meilleur ami.

Habituellement, Lili
et Thomas se parlent ou
chantent des chansons drôles,
mais aujourd'hui, Lili est
bien sage.

«Est-ce que ça va?»
demande Thomas.

«Bien sûr!» répond Lili.

«J'ai un peu mal à l'estomac,
c'est tout.»

Lili ne veut pas que Thomas
sache qu'elle a **peur**.

Thomas est un bon nageur.

Si Lili avoue à Thomas
que le côté le plus profond
de la piscine lui fait peur,
il pourrait penser que c'est
absurde.

L'autobus s'arrête près
de la piscine. Les camarades

de classe de Lili crient
si **fort** que le chauffeur doit
se boucher les oreilles.

Tout le monde est content,
à l'exception de Lili. Elle se
fait toute petite sur son siège.

«D'accord, les amis !
lance madame Aurélie.
Calmons-nous. Est-ce que
tout le monde a apporté
son sac de natation ?»

« OUI ! » répondent
en chœur les enfants.

C'est alors que Lili a
une idée. Une super bonne
idée ! À l'aide de son pied,
elle pousse rapidement
son sac de natation sous
le siège qui se trouve devant
elle. Puis elle lève la main.

« Euh, Madame Aurélie,
j'ai oublié le mien ! dit-elle.

Je ne pourrai pas nager,
aujourd'hui.»

«Tu ne l'as pas oublié,
s'exclame Thomas. Il est là,
sous le siège!»

«Quelle chance! dit madame
Aurélie. Merci, Thomas!»

«Ouais, merci Thomas»,
marmonne Lili. Elle suit
Thomas et descend de
l'autobus.

«J'espère que nous serons
dans le groupe des Requins
ensemble!» confie Thomas
à Lili.

Lili soupire. La classe sera
divisée en trois groupes :
les Requins, les Raies d'eau
douce et les Espadons.

Le groupe des Requins
est le meilleur.

- Peut faire des bulles sous l'eau ✓
- Peut se baigner avec une planche ✓
- Peut plonger sous l'eau ✗
- Peut nager la largeur de la piscine ✗
- Peut nager la longueur de la piscine ✗
- Peut nager sous l'eau ✗

Lili regarde le formulaire
que sa maman a rempli.
Elle sait bien qu'elle ne nage
pas assez bien pour être
dans le groupe des Requins
avec Thomas. Lili est plus
pieuvre que requin. Des bras
et des jambes partout!

Chapitre deux

Lili et sa classe se préparent
dans les vestiaires du centre
de natation. Ils retrouvent
ensuite madame Aurélie
près de la piscine des enfants.
Lili soupire. Elle aimerait
tellement que son cours

soit dans la petite piscine.
Même du côté le plus creux,
l'eau ne dépasse pas
son menton. Mais madame
Aurélie les dirige vers
la piscine des grands.

Près de la piscine,
une enseigne indique :
Attention. Eau profonde.

Lili sent que son cœur
commence à battre très fort.

Elle tire madame Aurélie
par le bras.

«Oui, Lili?» demande-t-elle.
«Je ne veux pas aller
dans la piscine des grands!»
chuchote Lili.

«Oh? Et pourquoi?»
rétorque madame Aurélie.

«Je… je ne sais pas très bien
nager», répond Lili,
embarrassée. Elle sent ses
joues **brûlantes**. Madame
Aurélie sourit et serre la main
de Lili dans la sienne.
«Eh bien c'est
justement pourquoi
nous sommes ici, Lili :
pour apprendre!»

«Oui, mais Thomas peut
déjà nager, lui!» riposte Lili.
«Et je parie que tout
le monde le peut aussi.»

À cet instant même,
deux garçons commencent
à faire des folies. Madame
Aurélie doit se dépêcher
de les arrêter. Ils pourraient
tomber dans la piscine.
Les autres élèves de la classe
se dirigent vers les bancs.

«Allez, viens Lili!»
insiste Thomas.

Lili se laisse lourdement
tomber sur un banc, à côté
de Thomas. Elle est certaine
d'être la pire nageuse de
la classe. Tout le monde va se
moquer d'elle. Ou peut-être
même va-t-elle se noyer!
Lili n'arrive pas à trouver
ce qui est le pire : se noyer
ou faire rire d'elle?

Bientôt, tout
le monde
est debout,
au bord
de la piscine.
Lili frissonne
dans son maillot
rouge qui pique. Tout près
d'elle, Thomas saute de **joie**.

Trois professeurs de natation
se trouvent aussi au bord
de la piscine.

«Bien! crie l'un d'eux.
Nous allons vous diviser
en trois groupes. Est-ce que
tout le monde s'est exercé,
depuis l'année dernière?»

«OUI!» répond la classe,
à l'unisson.

Toute la classe, à l'exception
de Lili, bien entendu.
Lili ne peut s'empêcher
de fixer la partie de la piscine

où l'eau est la plus profonde et de tirer **nerveusement** sur son maillot.

«Requins! Requins!» murmure Thomas à Lili. Lili tente d'imaginer qu'elle est un requin. Les requins sont rapides et n'ont peur de rien. Mais cela ne fonctionne pas. En ce moment, elle a plus l'impression d'être une méduse tremblotante.

Chapitre trois

Un professeur de natation lit
les noms des membres
du groupe des Requins.
Thomas, Camille et Simon
sont tous des Requins.
Ils sautent dans la piscine
et s'éloignent en nageant

avec le professeur.

Le professeur suivant lit

les noms des membres

du groupe des Raies d'eau

douce. Mika et Léa

sont toutes les deux

des Raies

d'eau douce.

Lili croise

les doigts en

souhaitant être

appelée, mais

le professeur finit

l'appel, sans la nommer.

Les Raies d'eau douce

s'éloignent dans la piscine,

avec l'autre professeur.

Au début, Lili croit qu'elle

est la seule élève qui reste.

Elle le savait. Elle *est* vraiment

la pire nageuse de la classe.

Mais attends! Quelqu'un

d'autre est debout, au bord

de la piscine. Quelqu'un

avec un maillot de fantaisie

à frous-frous et un bonnet
de natation rose.
Lili jette un coup d'œil.
C'est Lola !

Est-ce que ça veut
dire que Lola
ne sait pas nager
non plus ?

Lili se questionne.
Lola excelle dans
tout ce qu'elle entreprend !

Même si Lili et Lola ne sont
pas vraiment des amies,
Lili se sent un peu mieux.
Elle lui adresse un sourire
gêné, mais Lola, nerveuse,
se ronge les ongles.

«Tu ne sais pas nager, Lola?»
lui demande Lili.

«Et alors? *Toi* non plus!»
répond Lola, avec colère.

Lili fronce les sourcils.

«Pourquoi es-tu méchante?»
réplique Lili.

Le professeur de natation
leur fait un sourire amical.
«Hé, là-bas! lance-t-il.

Vous devez être
mes deux Espadons.»

Lili est furieuse. Elle ne veut
pas être dans le même
groupe que Lola. Si elle
nageait jusqu'aux Requins,
elle pourrait leur montrer
qu'elle nage assez bien pour
être avec eux. Mais elle doit
faire vite sinon elle devra
rester avec cette vieille
grincheuse de Lola.

Alors, Lili se pince le nez,
ferme bien les yeux et…
saute !

De plus en plus bas, Lili
s'enfonce. Au plus profond
de l'eau.

Oh non ! pense-t-elle en paniquant. *Je vais me noyer !* Elle entend battre son cœur. Elle agite bras et jambes, mais cela ne sert à rien. Elle continue de descendre, de plus en plus profondément, vers le fond de l'eau. Lili ne nage pas du tout comme un requin. Elle ne nage même pas comme un poisson. Lili tombe dans l'eau comme une roche.

Chapitre quatre

Soudain, Lili sent un bras
qui s'enroule autour
de sa taille. Elle est projetée
hors de l'eau et ramenée
au bord de la piscine.
Le professeur lui sourit.

«Il faudrait peut-être
que tu t'entraînes encore
un peu?» avance-t-il.
Il fait un signe à Lola.
«Viens nous retrouver!»

Super! pense Lili, *fâchée.*
Elle fixe son regard sur l'eau,
en **frissonnant**.

Lola s'avance et s'assoit près de Lili. Les deux filles ne se regardent pas.

«Bien!» dit l'instructeur. «Maintenant, je veux vous voir entrer dans l'eau en glissant *doucement* et en vous tenant sur le bord de la piscine, d'accord? Nous commencerons par pratiquer la nage du petit chien.»

Lili est **horrifiée**.
Oh non ! Pas la nage du petit
chien !

C'est pour les bébés,
pense-t-elle. Maintenant,
tout le monde va se moquer
de moi. C'est certain.

Tout à coup, Lola se met
à pleurer. Lili la regarde,
surprise.

Le professeur se tourne
vers elle, inquiet. « Qu'est-ce
qui ne va pas avec ton amie ? »
lui demande-t-il.

« Elle n'est pas mon… »
commence Lili,
mais elle s'arrête.

En voyant Lola pleurer,
Lili a l'impression qu'elle
n'est plus aussi méchante.
« Qu'est-ce qu'il y a, Lola ? »
demande doucement Lili.

Lola regarde Lili.

« Je suis une très mauvaise
nageuse, explique Lola,
d'une petite voix.
Je ne sais même pas nager
en petit chien ! »

Lili se met à rire.

« C'est tout ? » « Ne t'inquiète pas, c'est très *facile* de nager en petit chien, poursuit Lili. Je vais te montrer. »

Lola fait la moue.

« C'est facile pour toi, Lili, dit-elle. Tu excelles dans tout ! » « Les barres fixes, le soccer, la course à pied… Je suis *épouvantable* dans les sports ! »

«Quoi?» s'étonne Lili.

«*Tu* es celle qui est bonne dans tout ce qu'elle fait, Lola! La musique, l'épellation, le ballet… Te rappelles-tu à quel point j'étais mauvaise, en ballet?»

Lola hoche la tête. Puis elle est prise d'un fou rire.

«Tu *faisais* un très mauvais papillon.»

Lola sèche ses larmes.

«Je pense que nous excellons dans des domaines différents. Mais nous sommes toutes les deux de *mauvaises* nageuses!»

« Non, c'est faux, répond Lili.
Nous allons apprendre.
Viens ! »

Lola soupire. « Je ne veux pas
être dans le groupe
des Espadons, c'est le pire
groupe », dit-elle.

Lili ne veut pas être dans
le pire groupe non plus.
C'est à ce moment-là qu'elle
a une idée.

Une super bonne idée! «Tu as raison!» répond Lili. Elle sourit. «Alors commençons un nouveau groupe. Nous pourrions être les Petits chiens nageurs! Les chiens sont *tellement* plus gentils que les espadons et les requins.»

«Les Petits chiens nageurs?
J'aime ça!» lance
le professeur de natation.
Lola se met à rire. Lili se met
aussi à rire. Puis elle prend
la main de Lola et les deux
filles se glissent dans l'eau.
Cette fois, Lili n'a aucune
crainte.

Collectionne-les tous !

joue à la coiffeuse

5

L'assistante du professeur

6

Le cadeau parfait

7

Le message secret

8

La grande sœur

9

Tout un anniversaire !

10

Le petit mensonge

11

Le grand projet

12

L'argent de poche

13

Deux amies pour la vie

14

La petite nouvelle

15

C'est le temps des vacances

16

Le cours de natation

17

Le film d'horreur

18

Le méchant garçon

19

La fée des dents

20